PAUL MARIÉTON

SOUVENANCE

POÉSIES

Avec Préface de Joséphin Soulary

Et Lettre de Frédéric Mistral

PARIS

ALPHONSE LEMERRE, ÉDITEUR

27-31, PASSAGE CHOISEUL, 27-31

M DCCC LXXXIV

SOUVENANCE

PAUL MARIÉTON

SOUVENANCE

POÉSIES

Avec Préface de Joséphin Soulary

Et Lettre de Frédéric Mistral

PARIS

ALPHONSE LEMERRE, ÉDITEUR

27-31, PASSAGE CHOISEUL, 27-31

M DCCC LXXXIV

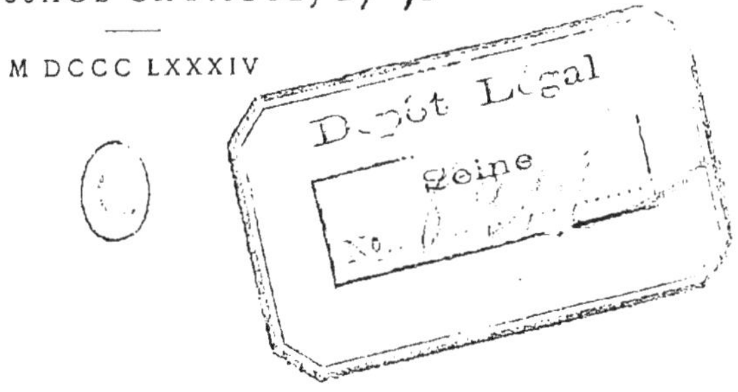

A MON MAITRE

A MON CHER AMI

FRÉDÉRIC MISTRAL

Je dédie ces pages intimes

P. M.

Lyon, 5 mai 1884.

PRÉFACE

Lyon, 21 janvier 1884.

Mon cher ami,

Il en est de certains livres comme des jolies filles : ils gagnent à faire eux-mêmes leurs affaires.

Le vôtre est de ce nombre.

Un instant, j'avais rêvé de le présenter au public en quelques pages d'introduction bien senties, comme il sied à un chaperon qui sait son monde ; mais, après mûre réflexion, je me ravise.

Qu'en dirais-je, en effet ?

Si j'en disais tout le bien que j'en pense, les vertueux de mon sexe m'accuseraient de m'attarder à des sujets que m'interdit la gravité de l'âge ; et si, à l'exemple des grands critiques, j'en disais, si peu même que ce fût, le mal que je n'en pense pas, les bonnes âmes de l'autre sexe ne manqueraient pas de me taxer de félonie, et qui sait ? d'impuissance jalouse, peut-être.

Qu'il aille donc tout seul et sans crainte, le mignon petit livre, au hasard de la destinée ! Ce qui part du cœur à l'adresse du cœur ne fait jamais fausse route !

Eh ! qu'a-t-il besoin de préface ? N'est-il pas lui-même une préface et la plus merveilleuse de toutes : L'amoureuse préface de la vie ?

Tout à vous,

JOSÉPHIN SOULARY.

Paris, 7 mai 1884.

Mon cher ami,

J'agrée de tout cœur la dédicace de ton premier chant d'a-mour. Souvenance *me rappelle les émotions de mes vingt ans, quand la jeune fille, ce mystère charmant, passait devant mes yeux comme une appariton du ciel et me laissait rêveur et plein de trouble délicieux.*

Tes vers sont doux, craintifs, suaves. C'est l'haleine de la vie qui émeut discrètement la première feuillée de l'arbre en sève ; c'est le battement de cœur qui soulève le sein de la belle jeunesse ; c'est la plainte ingénue, c'est la plainte touchante de la première déception.

Courage, enfant ! aime toujours et chante ! Seule, la poésie peut immortaliser l'idéal de l'amour.

Va, mon ami, dans la rosée, dans le soleil, dans l'espérance, et, comme l'Alcibiade du Phédon, entre dans le Banquet, te couronnant de violettes.

FRÉDÉRIC MISTRAL.

Quau canto
Soun mau encanto.

Th. Aubanel.

I

LIGNE de la Beauté, séduction du monde,
          Harmonie et charme éternels,
Comment donc faites-vous cette empreinte profonde
          Au delà des désirs charnels ?

Comment éprouvez-vous jusqu'à l'effort de l'âme
          Par votre seul rayonnement,
Et comment vous faut-il avoir usé la lame
          Pour user le fourreau ? Comment ?...

C'est que l'Ordre divin qui régit toutes choses,
Qui plane au dessus du chaos,
Qui fait pleurer le saule et sourire les roses
Et met la grâce au front des eaux,

Nous vient d'une grandeur qui n'a pas de seconde,
D'une sagesse qui sait bien
Que cela seulement peut gouverner le monde
Sur quoi le monde ne peut rien !

1884.

II

Je n'ai chanté que pour moi-même,
Sans souci des indifférents ;
De mes chants j'ai fait un poème,
Le doux poème du printemps.

La langue est bien vieille, sans doute,
Mais ce chant triste et solennel
Pour le redire, qu'il en coûte !...
Le cœur, du moins, reste éternel !

Comme la goutte de rosée
Qui réfléchit l'azur des cieux,
Comme la prunelle irisée
Qui met une âme dans nos yeux,

Ces vers réfléchissent mon âme
Dans sa joie et dans sa douleur,
Et le poète peut sans blâme
Chanter l'histoire de son cœur.

Mais le nom de ses bien-aimées,
Ah ! ne le lui demandez point ;
Ces heures d'amour embaumées
Vous le savez, sont déjà loin !...

Il n'a chanté que pour lui-même ;
Que vous importe, indifférents !...
— Vous qui savez que je vous aime,
Souvenez-vous de nos vingt ans.

III

Elle a vingt ans déjà, mais on en croirait seize...
Blonde ineffablement, rose à faire pâmer,
     Elle est charmante à ravir d'aise
     Celui qu'elle voudrait aimer.

Mais elle cache bien son amour dans son rêve;
Si bien qu'on n'a jamais sû comment pénétrer
     Ce regard qui vers Dieu s'éleve
     Prêt à rire ou prêt à pleurer.

C'est une enfant timide et fière tout ensemble ;
C'est un oiseau rebelle en qui j'ai mis mon cœur ;
Elle a vu mon espoir : je tremble
Que son dédain n'en soit vainqueur !

IV

Je voudrais mourir sur ton cou de cygne,
Aspirant tes yeux lentement,
Je voudrais mourir, mais j'en suis indigne,
Dans un dernier ravissement —
Pour n'être obligé, quand Dieu fera signe,
De te fuir qu'au dernier moment,
Pour avoir du moins le bonheur insigne
De changer de ciel seulement !

V

Ce soir en me quittant l'ange a daigné sourire,
La femme a tressailli pour la première fois ;
C'est la paix du bonheur à la fin du martyre ;
J'aimais, j'avais l'espoir ; oh ! maintenant, je crois !

VI

Je songeais avec ivresse
Que nous étions tous les deux
A nous contempler sans cesse,
Avec le cœur dans les yeux,

Par une nuit solennelle
Où Dieu pouvait seulement
Voir notre amour éternelle
Grandir sous le firmament ;

Et me laissant dans un rêve
Où je croyais t'adorer,
L'heure fuyait, l'heure brève,
Fuyait sans nous séparer;

Car Dieu qui donne des roses
Au terrain déshérité
Permet en nous ces deux choses :
Espoir et réalité !

VII

Un ange est venu dans ma solitude
Apporter un baume à mon désespoir,
Réparer plutôt son ingratitude ;
Un ange est venu dans ma solitude,
Que je n'espérais jamais y revoir.

Et nous avons dit de charmantes choses,
En nous rappelant nos jeunes amours,
Quand nous échangions des boutons de roses ;
Et nous avons dit de charmantes choses
Dont le souvenir fleurira toujours...

VIII

Ange, voilà huit jours que je n'ai plus tes yeux,
Que je n'ai plus ta voix, ma douce enchanteresse,
Et c'est bien long huit jours passés sous d'autres cieux
    Que les cieux de notre jeunesse !

Aussi, vois-tu, j'ai peur de tout ce vilain bruit,
Je suis triste et je songe à ton calme sourire,
Et j'attends, chaque soir, le retour de la nuit
    Pour t'aimer mieux et te le dire.

Paris, 10 mai 18...

IX

Le ciel, ce soir, est un écrin
Tout ruisselant de pierreries
Le champ d'azur, dans le lointain,
De ses marguerites fleuries
Va resplendir jusqu'au matin...

— O vous qui ravissez la terre
De paix et d'éblouissement,
Vous que la nuit, douce bergère,
Mène aux cieux éternellement,
Puisque vous dépouillez les voiles
Qui vous cachaient à mon souci
Laissez-moi vous crier ceci :
Mon amoureuse est loin d'ici
Mais vous l'aimez, douces étoiles,
Voudriez-vous m'aimer aussi ?
Dieu vous créa pour être belles

Et Dieu m'a fait pour vous chanter ;
Et toi qu'on entend palpiter
Vent de la nuit, laisse monter
Dans tes effluves solennelles
Mon chant qui vient d'ouvrir ses ailes :
Les étoiles vont m'écouter...
— J'avais saisi ma jeune lyre
Mais aucun accord n'en sortait
Et pourtant mon âme chantait,
Et rien d'humain ne saurait dire
Le vaste amour qui l'enchantait.
Dans le pacifique mystère
Mon cœur à Dieu s'était lié
J'avais un moment oublié
Les folles choses de la terre
Et par delà les horizons
Des éternelles floraisons,
J'entrevoyais encore, encore,
Tant d'abîme et tant de clarté
Que mon esprit épouvanté
Réclamait les feux de l'aurore !

X

C'EST un petit livre en maroquin jaune,
Avec une image au commencement,
Où l'on voit Jésus assis sur un trône,
Conviant sa mère au couronnement.

C'est un bien petit livre de prière,
Mais quand vous saurez de qui je le tiens,
Vous direz : Deux yeux si pleins de lumière
Ont avec le ciel d'intimes liens.

Il est embaumé de parfums étranges,
Infiniment doux à qui les comprend,
Car mon amoureuse est la sœur des anges
Et reçoit de Dieu ce qu'elle répand.

.. . .

Quand mon âme est triste à douter encore,
S'il n'est pas de rêve assez douloureux
Pour faire entrevoir, ainsi qu'une aurore,
Les illusions d'un cœur malheureux,

J'embrasse ton livre, ô ma bien-aimée,
Criant, comme aux jours, las ! où tu m'aimais,
En y retrouvant ta grâce enfermée :
« Nul autre que moi ne t'aura jamais ! »

XI

CELLE que j'aime est un trésor
De beauté blonde et souveraine ;
C'est une enfant, c'est une reine
Aux yeux noyés, aux cheveux d'or.

Elle a vingt ans, c'est là son tort :
On lui croirait seize ans à peine ;
Moi qui n'ai pas son âge encor
Voilà comment j'ai l'âme en peine.

Aussi, Dieu sait tout le malheur
Que peut engendrer un sourire :
Sa présence fait mon bonheur

Et sa beauté fait mon martyre...
Croiriez-vous, à m'entendre dire,
Que je n'ai plus d'espoir au cœur !

XII

Quand je m'endormais autrefois,
Pleurant les larmes de l'enfance,
Le sommeil en ses douces lois,
Avait pitié de ma souffrance ;

Et m'éveillant avec le jour
Je souriais à la lumière,
Tant le Bonheur et tant l'Amour
Semblaient nouveaux à ma paupière.

Mais aujourd'hui, quand j'ai prié
Toute la nuit sur ma tristesse ;
Quand ma pauvre tête a plié
De tout le poids de sa faiblesse ;

Je rends au baiser du soleil
Un sourire d'indifférence,
Et reconnais à mon réveil
Que c'en est fait de l'espérance !

XIII

J'avais toujours crû que votre sourire,
O femmes, était un reflet du ciel —
Je vois maintenant que c'est de ce miel
    Qu'est empoisonné mon martyre.

J'avais toujours crû qu'un charmant regard
Était le miroir d'une âme charmante,
    — O cruelle enfant, le tien me tourmente
Jusqu'à soupirer après ton départ...

Et Dieu sait pourtant si cette souffrance
Qui vient de la lèvre ou qui vient des yeux
Nous tient captivés, nous rend soucieux
    Même en nous ôtant l'espérance !

L'homme est ainsi fait — l'amour est fatal ! —
Il se sent vaincu par ce qu'il adore,
Mais il veut lutter, mais il lutte encore,
Déjà foudroyé par son idéal !

XIV

Aʜ ! que ne pouvez-vous me donner du désir !
     Le désir c'est toute la vie,
Tourment et volupté de l'âme inassouvie
Qui court après son rêve et ne peut le saisir...
Ah ! que ne pouvez-vous me donner du désir !

XV

Fleur d'amour ! fleur d'amour !
Après qui soupire la vie —
  Je rêvais nuit et jour
  De te cueillir à mon tour,
Quand un vent jaloux t'eut ravie;
    Fleur d'amour,
Après qui soupirait ma vie.

XVI

Je voudrais t'aimer comme on aime un rêve,
  Sans espérance et sans désir,
Comme le parfum qu'un souffle soulève,
  Qu'on ne pourra jamais saisir ;

Car, désabusé de toute souffrance,
  Je scrute en vain mon horizon,
Sans rien découvrir pour ma délivrance
  Dans cette éternelle prison...

Prison que le cœur se fait à soi-même,
Qu'il subit jusqu'au dernier jour —
La dure prison que celle qu'on aime
Sans la liberté de l'amour !...

XVII

Ces clartés dans la nuit, voyez-vous, c'est le bal !...
C'est là qu'elle m'oublie et qu'elle est triomphante,
Que mon dernier ami, que mon dernier rival
    Lui soupire qu'elle est charmante !...

L'espoir de vivre heureux prête une illusion
Dont la réalité bientôt vous débarrasse ;
Mais ce bal vient mêler une dérision
    Qui m'envahit et qui me glace.

Pour tout abandonner de l'œuvre de mon cœur,
Il me faudra longtemps souffrir, lutter sans trêve ;
Un jour viendra pourtant où la paix du Seigneur
        Me donnera mieux que mon rêve !

— Je ferme avec transport ma fenêtre vingt fois ;
Ces maudites clartés, je voudrais les confondre ;
Mais j'y reviens toujours, comme pour lui répondre
        Que je l'aime et que je la vois !

XVIII

J'aime la douleur parce qu'elle éprouve,
        Parce qu'on la fuit ;
J'aime la douleur parce que j'y trouve
        L'ombre de la nuit :
Plus d'amour jaloux, plus de fausse honte,
        Mais l'obscurité !
Là, mon âme est libre et vers Dieu remonte,
        Et c'est la clarté !

XIX

Pour soulager mon cœur et reposer mon âme,
J'écris ces vers, tout pleins de mon amour déçu ;
C'est comme une fraîcheur et c'est comme une flamme
Qui rend à mon esprit son cours interrompu.

Et je crois voir pleurer et je crois voir sourire
Mon ange à la douleur qui me tient sous ses lois,
Et cette illusion qui berce mon martyre
Change en douceur d'amour les songes d'autrefois !

XX

Tu n'as pas voulu lire dans mon âme,
Espérant peut-être aveugler ton cœur...
Tout est bien fini : ma timide flamme
Va, plus que jamais, voiler sa lueur.
Il est dur pourtant, lorsque tout s'écroule,
En rouvrant les yeux qu'on avait fermés,
De se répéter devant cette foule :
« Comme nous nous serions aimés ! »

Dins si quinge an èro Miréio...
Coustiero bluio de Font-Vièio,
E vous, colo baussenco, e vous, plano de Crau,
N'avès pus vist de tant poulido !

Miréio, ch. i.

Mireille était dans ses quinze ans... Côtes bleues de Fontvieille, et vous, collines *baussenques*, et vous, plaine de Crau, vous n'en avez plus vu d'aussi belle !

XXI

Je vous appelle tous, Roméo, Juliette,
Hernani, Dona Sol, Mireille et toi Vincent !...
Vous vous sentiez heureux dans votre âme inquiète,
Vous vous sentiez aimés d'un amour tout puissant,

Et vous pouviez mourir ! Mais moi, moi je soupire,
En vain, après le jour qui finit les tourments...
Je vous appelle tous : voyez si mon martyre
N'est pas plus dur cent fois que vos déchirements !

Et toi qui ne sais pas ce que c'est qu'une flamme
Qui vous ronge la nuit, vous dévore le jour,
Tu ne m'as pas compris ! Ah ! laisse-moi ton âme,
Accorde-moi la vie en m'accordant l'amour !

Non ! non ! Dieu ne veut pas condamner ma jeunesse
A n'avoir rien aimé que ta pure beauté
Pour que, satisfaisant une heure de faiblesse,
Un autre te ravisse à mon éternité.

Non ! les jours d'ici-bas qu'on eût pu vivre ensemble,
Je n'en ai plus d'envie : ils se sont envolés ;
Mais c'est l'éternité qui pour jamais rassemble
Ceux qu'un amour terrestre a déjà consolés.

L'éternité sans toi ! mais sais-tu bien, méchante,
A quel enfer tu m'as condamné désormais ;
Une seule pensée, affreuse, me tourmente :
Vivre éternellement et sans t'avoir jamais !

O ma mère ! pourquoi m'as-tu donc mis au monde,
Que l'âme de mon corps doive à jamais souffrir ?
J'ai vingt ans, mais, vois-tu, ma misère est profonde
Et je te dois un mal impossible à guérir !

Car il n'est ici-bas plus amère souffrance
Qu'au malheureux vaincu par la nécessité
Qui désire la mort comme une délivrance,
Mais à qui le devoir ôte la liberté !...

Hélas ! pourquoi pleurer, si les plus tristes larmes
Ne font que déborder le cours du souvenir,
D'un souvenir plus doux vous laissant croire aux charmes
De cet âpre chemin qui mène à l'avenir !...

Mon rêve était trop beau pour cesser d'être un rêve,
Mon cœur était trop grand pour être un jour comblé,
J'ai lutté, j'ai souffert sans espoir et sans trêve :
Le rêve de mon cœur ne s'en est point allé !...

J'aurai du moins compris que l'homme en cette vie
Est l'éternel jouet de la nécessité,
Et que tout ce qu'on rêve et tout ce qu'on envie
Porte en soi le dégoût de la réalité !

Et si, ce soir, je pleure et si, ce soir, je chante,
C'est qu'il faut à tout prix soulager mes douleurs
Et qu'il a droit, celui que l'infini tourmente,
Pour venger son amour, d'éterniser ses pleurs !

XXII

Quand vous avez longtemps souffert
Toutes les avanies ;
Que votre cœur entr'ouvert
Pleure à son foyer désert
Ses larmes bénies ;

Vous accourez vers le malheur
Comme vers l'espérance,
Et vous cherchez la douleur
Qui mûrira votre cœur
Pour sa délivrance.

Car, bien que l'esclave ici-bas,
L'âme est encor la reine,
Pour nous conduire au trépas
Qui détachera nos pas
De la fange humaine !

XXIII

J'AI laissé mon cœur où sont mes amours,
Là bas, dans la verte plaine !...
Vous qui connaissez le cours
De ces funèbres amours,
Comprenez ma peine :
J'ai laissé mon cœur là-bas dans la plaine
Et c'est pour toujours !

XXIV

L'AMOUR humain n'est pas ce que disent les sages,
Un mirage brillant par un autre éclipsé —
L'amour, l'amour sacré luit à travers les âges
Comme un flambeau que rien n'a jamais dépassé.

Aussi je garde au cœur la douleur éternelle
D'un rêve qui n'a lui qu'un moment à mes yeux.
— Pourquoi donc n'as-tu pas donné ton grand coup d'aile,
Ame, j'aurais fini mon rêve dans les cieux !

E ièu sabe un jouvent fóu tant de tu barbèlo !

AUBANEL.

Et moi je sais un jeune homme fou tant il soupire après toi.

XXV

Non ! je ne t'en veux pas. — J'avais bien ta parole
Que ce n'était pas lui que ton cœur choisirait,
Et je me reposais sur cet espoir frivole
D'avoir un inconnu pour ennemi secret.

Mais tu ne savais pas la nature perfide
Et la femme fragile entre tout ici-bas;
Tu pensais te soustraire à mon ardeur timide
Sans qu'elle osât parler. — Non ! je ne t'en veux pas !

Mais il n'était pas dit,— car l'homme a sa pensée !
Que ma douleur verrait sans un cri tes amours,
Qu'il ne surgirait point de mon âme blessée
Quelque gémissement qui remplirait tes jours...

Ainsi, j'aurai vécu ma dernière espérance,
Et ce fatal désir n'était point trop maudit...
C'est bien : Dieu l'a voulu, j'accepte ma souffrance,
Mais que seul j'y succombe, il ne sera pas dit !

XXVI

C'est encore une romance
Que je ferai sur mon cœur
Et sur ma désespérance !

Ah! j'ai connu la souffrance !
Ah! j'ai connu le malheur !

C'est encore une romance
Que je ferai sur mon cœur.

Pauvre cœur ballotté sans cesse
Du rêve à la réalité,
Qui souris devant la faiblesse
Et crois à l'humaine bonté !

Te voilà plongé dans l'abîme
Que tu voyais du haut du ciel ;
Quel est donc, quel est donc le crime
Que Dieu condamne à tant de fiel ?

Car voilà deux ans d'infortune
Tout entiers à désespérer,
Sans trouver une heure opportune
Pour mieux faire que pour pleurer....

Pleure, mon cœur, cherche ta récompense
        Ailleurs qu'ici-bas.
Pleure, mon cœur, et bénis la souffrance
        Qui guide tes pas.

Tu finiras bien au bout de la vie,
Tu finiras bien par le rencontrer
L'éternel repos de l'âme, assouvie
De tout ici-bas, même de pleurer !...

C'est encore une romance
Que j'ai faite sur mon cœur
Et sur ma désespérance !

Ah ! j'ai connu la souffrance !
Ah ! j'ai connu le malheur !

Elle est triste la romance
Que j'ai faite sur mon cœur.

XXVII

J'ai rêvé ma mort prochaine,
Et le temps n'est pas bien loin
Où je concevais à peine
Qu'on pût en avoir besoin.

Mais aujourd'hui dans mon rêve
Un grand espoir me sourit
De ces hauteurs où sans trêve
La félicité fleurit.

Je voudrais quitter la terre
,Et... t'emporter avec moi :
Je resterais solitaire
Même au paradis sans toi !

XXVIII

Comme la source fraîche après qui longtemps brâme
Le grand cerf altéré qu'elle fuit et qui meurt,
Oui, c'est toi qu'il me faut, c'est toi que veut mon âme,
C'est toi, c'est toi qui vas désespérer mon cœur !

Dis moi tes premiers jours et leurs fraîches pensées.

SOULARY.

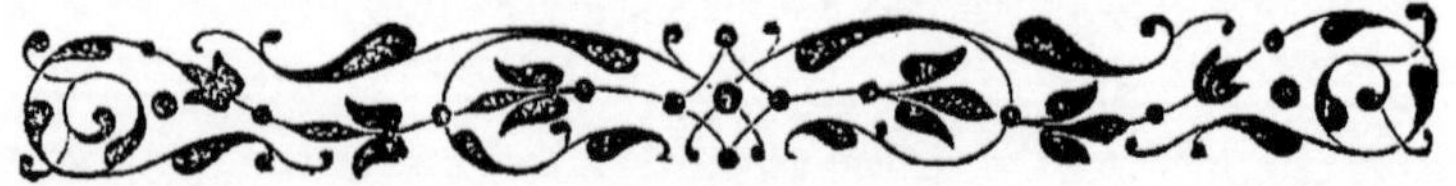

XXIX

Le jour est donc venu de chercher dans mon âme
Si c'est bien de l'amour que j'avais ressenti,
Quand, la première fois, j'entourai cette femme
D'un désir dont mon cœur ne s'est point départi !

Car, si l'on disait vrai — faut-il croire les hommes? —
La Jeunesse et l'Amour, dans la clarté des cieux,
Conduisant par la main ces enfants que nous sommes,
Ne peuvent qu'une fois se réunir en eux.

— Parlez, mon cœur, et vous, ma jeunesse pensive,
Avez-vous consumé tous les feux de l'amour?...
Ne pourrez-vous donc plus, quelque espoir qu'il arrive,
A ce foyer divin vous retrouver un jour?...

C'était bien du bonheur, c'était bien de l'ivresse
Dont rayonnaient mes yeux aujourd'hui désolés.
Ce rêve était-il donc une vaine promesse ?
A-t-il fui pour toujours ?... Oh ! de grâce, parlez !

Mais quoi ! n'entends-je point le tourbillon frivole
De ces illusions qu'enfantait mon printemps...
Il accourt à ma voix. — J'implore une parole
Qui rende à mon esprit la foi de ses vingt ans !

Mais les gémissements de ce chœur invisible
Que j'arrache ce soir à la nuit du tombeau,
M'ont assez démontré l'espérance impossible
De refermer les bras sur un amour nouveau !

XXX

Qu'est-ce que le Passé ? C'est l'éternelle plainte
Du genre humain qui meurt en renaissant toujours.
L'Avenir? C'est la nuit inévitable et sainte,
Pleine d'éclairs, où vont s'abîmer nos amours.
Et le Présent? Hélas ! le Présent, c'est un leurre :
On a beau l'invoquer en pliant les genoux,
Le Présent c'est un jour, le Présent c'est une heure
Dont le commencement est déjà loin de nous !

XXXI

J'ai compris la douleur qui faisait les poètes
Au temps où l'on aimait d'un véritable amour ;
Mais pour cela j'ai dû souffrir plus qu'à mon tour,
Et contraindre mon âme à garder ses tempêtes !

Aussi, je voudrais fuir loin du monde où nous sommes,
Offrir à Dieu mon cœur qui n'est point profané,
Et vivre insoucieux, comme un abandonné,
Des intérêts du siècle et de l'oubli des hommes !

XXXII

Oh ! je te ferai si belle
Q'en répétant mes chansons,
On aimera l'infidèle
Jusque dans ses trahisons.

Je te ferai si charmante
Que, t'attendrissant aussi,
Tu béniras cette amante
Qui fut en toi mon souci.

Et je te ferai si bonne
Qu'en voyant pleurer tes yeux,
Dieu voudra que je pardonne
Pour te posséder aux cieux !

XXXIII

Ne donne pas ton cœur aux roses du chemin,
     Tu ne verrais pas les épines ;
Ne donne pas ton cœur aux fraîches églantines
     Vers qui déjà tu tends la main ;

Garde ta liberté, passe-toi d'un sourire,
     Vis plutôt tout seul, à l'écart —
On n'a point fait un pas qu'il est déjà trop tard
     Et qu'on est réduit à maudire !

XXXIV

Je ne veux pas pleurer si tu dois être heureuse...
Emporte-moi mon rêve, emporte, enfant rieuse,
        Je saurai garder ma douleur...

Dans l'espoir d'autrefois bornant ma récompense,
J'ai déjà fait à Dieu, pour sauver ma souffrance,
        Le sacrifice de mon cœur !

XXXV

Mon chant d'amour est terminé ;
La bien-aimée aussi va le connaître ;
Lui sourira-t-elle ? Peut-être...
Mon crime alors me sera pardonné.

Mais s'il lui faut expier ma folie,
Traîner partout le châtiment,
Elle voudra, dans son ressentiment,
M'imposer sa mélancolie.

Et, triste cœur à son cœur suspendu,
Je verrai grandir ma tendresse,
Sans m'expliquer comment à ma détresse
Son orgueil ne s'est pas rendu.

XXXVI

L'AMERTUME à mon cœur afflue :
J'ai retrouvé son souvenir...
Cette douleur, je l'avais crue
Impuissante à me revenir.

Mais la vie est encor la même
Au lendemain du désespoir;
Pour fuir si tôt un mal que j'aime
J'ai trop désiré le revoir.

C'est ainsi : la joie illumine
Nos amours de soudains rayons,
Mais cette plante est trop divine
Pour bien germer dans nos sillons.

Donc, si tu veux jouir une heure,
Frère, de ta félicité,
Souviens-toi qu'il faut qu'elle meure
Pour naître à l'immortalité !

XXXVII

Illusion, pourquoi passer si vite,
        Pourquoi fleurir,
Troubler nos cœurs que ton sourire invite
        Et puis mourir?

Pourquoi glacer par d'amères souffrances
        L'amour brûlant,
Pourquoi briser toutes nos espérances
        En t'en allant?...

Illusion, dans ta splendeur d'aurore,
    Tu nous trompais,
Et, pour cela, nous t'adorons encore :
    Rends-nous la paix....

Rends-nous la paix, insensés que nous sommes,
    Et montre-nous
Que ta clémence aime à sentir les hommes
    A ses genoux !

C'est peu d'avoir souffert si l'on n'a pas aimé !

LAPRADE.

XXXVIII

L'AMOUR a jeté dans mon cœur
   De bien puissantes racines :
J'ai porté le sceau du malheur
   Et la couronne d'épines ;

   J'ai vu la dérision
Des créatures et des choses ;
   J'ai perdu l'illusion
A douter du parfum des roses...

Mais l'amour était le plus fort. —
Je bénis la destinée
D'avoir permis qu'à ma mort
Elle se sache pardonnée !

XXXIX

Sᴜʀ cette pauvre terrasse
Où je viens rêver le soir,
Pour noyer mon désespoir
Dans l'abîme de l'espace,

J'éprouve un divin plaisir,
Quand elles brillent sans voiles,
A demander aux étoiles
La clef de mon avenir.

Mais à mon âme inquiète
Rien n'a jamais répondu
Qu'elle ait si bien entendu
Que leur grande voix muette;

Car, à poursuivre un rayon
De leurs clartés immortelles,
Près des étoiles fidèles
J'ai trouvé l'illusion !

Ve ! d'estello coume d'iue
Te regardon, ma jouvènço.

VALÈRI BERNARD.

Des étoiles comme des yeux te regardent, ma jeunesse.

XL

J'ai vu tous les yeux qu'on aime en ce monde,
    Tous les plus beaux yeux :
Les yeux caressants d'une tête blonde
    Qui m'ouvrit les cieux ;
Puis deux grands yeux doux qui m'allaient à l'âme
    Et que j'ai perdus ;
Tous les yeux aussi qu'en cherchant la femme
    Nous avons tous vus :

Des yeux verts profonds, des yeux bleus limpides,
    Des yeux noirs brûlants,
Et ces yeux bénis qu'on trouve timides
    Et qu'on dit troublants...
Mais tous ces beaux yeux, je n'y lirai guère,
    Ils sont dépassés —
Les yeux les plus beaux qui soient sur la terre
    Sont les yeux baissés !

XLI

Semblable au sillage écaillé d'argent
Qui s'épanouit sous les flancs du cygne,
Mon bonheur était divers et changeant
Comme le sillage écaillé d'argent.
Mais tant fuyait-il, en se prolongeant,
Que j'en ai perdu jusqu'au moindre signe,
Comme du sillage écaillé d'argent
Qui s'épanouit sous les flancs du cygne...

XLII

C'est une étrange douleur
Que celle dont souffre mon cœur ;
Est-ce un mal irrémédiable ?...
Cette nuit, j'ai beaucoup pleuré,
Et, tout bas, je vous confierai
Qu'elle n'est pas inconsolable.

Ce sont d'étranges amours
Qu'entraînent ces yeux de velours,
Ces grands yeux doux chargés de flamme ;
Et quand nous les avons aimés
Nos souvenirs sont embaumés
D'un parfum qui reste dans l'âme.

XLIII

C'était un sphynx en marbre rose
Qui souriait toujours, toujours,
Dans une irrésistible pose
A défier tous les amours.

Je m'approchai de son sourire
Mon cœur y fut pris sans effort;
Mais, depuis ce jour, je soupire :
Il était plus froid que la mort.

— « O vierge, implacable sirène,
Toi qui tiens mon esprit hagard,
Que t'ai-je fait, ma souveraine,
Pour me glacer de ton regard ?

« N'est-il donc pas d'autres victimes
Moins indignes de ta beauté
Et dont les dépouilles opimes
Ajouteraient à ta fierté ?...

« Oh ! réponds-moi, je t'en conjure,
Je ne suis qu'un enfant, tu vois... »
Mais mon deuil changeait de nature,
Et, délaissé comme autrefois,

J'attendis en vain la parole
De mon beau sphynx inanimé,
Car du sourire de l'idole
Un autre enfant tombait charmé...

XLIV

Dans un abîme de silence
La lune vogue sur le ciel
— Je songe à ce printemps cruel
Où tu m'arrachas l'espérance !

On n'entend aucun bruit humain
Dans l'immobilité des choses
— Je songe à ce bonheur lointain
Que j'avais à t'offrir des roses.

Le rossignol a beau chanter
Pour me rappeler à la vie
— Je songe à ta beauté ravie
Et je ne veux rien écouter.

XLV

> La source dont la nymphe est morte
> Tout au long des mousses pleurait...
>
> PAUL ARÈNE.

I

A la fontaine de Trévi,
Dernier refuge des colombes,
On voit accourir à l'envi
Loin du silence et près des tombes,
Les bruyants essaims des palombes
A la fontaine de Trévi.

2

Ils aiment les longs pleurs des eaux
Et l'éclat du divin quadrige
S'élançant du sein des roseaux ;
Et l'on s'étonne, à ce prodige
Des folles rumeurs des oiseaux
Se mariant aux pleurs des eaux.

3

La fontaine de mes douleurs
A cette orgueilleuse tristesse
Et ce peuple d'oiseaux chanteurs ;
Comme les colombes, sans cesse,
Puissiez-vous chanter dans mes pleurs,
Illusions de ma jeunesse !

Rome, 10 nov. 18...

XLVI

Quand je rêve encore à ton bon sourire,
Mon cœur se déchire,
Pauvre chère enfant ;
Je voudrais, quittant ma peine inféconde,
M'affranchir du monde,
Du monde étouffant.

ais Dieu ne veut pas qu'on donne à sa peine
De fin plus prochaine

Que le lendemain;
Et j'ai résolu d'aimer ma souffrance
    Dans une espérance
    De bonheur lointain...

XLVII

ELLE appuyait parfois sa tête à mon épaule
Et je croyais rêver tant j'avais de bonheur ; —
Mais ce bonheur n'est plus, elle a changé de rôle
        Pardonnez-lui, Seigneur.

Un oiseau passager vint m'arracher son âme.
La pauvre enfant le prit pour un libérateur ;
Elle dira demain que j'étais un infâme —
        Bénissez-la, Seigneur.

Et moi, qui n'ai pas craint de me rapprocher d'elle,
Quand j'eus trouvé mon âme indigne de son cœur,
Si j'ose lui garder mon souvenir fidèle,
  Pardonnez-moi, Seigneur !

     Baïa, 25 décembre 18...

XLVIII

Charme du souvenir, berce ma solitude,
Change en ivresse ma langueur,
Peut-être sauras-tu procurer à mon cœur
L'accalmie et la quiétude.

Le souvenir est doux à mes chagrins d'amour ;
Le souvenir, c'est la pensée
Toujours amère, hélas ! mais à chaque retour
Plus paisiblement caressée !

J'ai bien assez souffert pour désirer la paix...
    En perdant ma douleur divine,
Je n'ai plus qu'un regret au fond de la poitrine :
    Qu'elle ait compris que je l'aimais !

XLIX

L'AMOUR est l'âme de la vie !...
J'ai beaucoup pleuré, cette nuit,
Mais j'aime encor : c'est ma folie,
Le seul bien qui me reste alors que tout s'enfuit !

L'amour est plus divin qu'il n'apparaît aux hommes,
C'est un rayon du ciel égaré parmi nous ;
Seul il nous fait bien voir le néant que nous sommes
Et nous l'écoutons à genoux !

Car, en naissant au monde, on traîne après ses ailes
Un peu du grand azur des cieux. .
Et nous n'avons jamais bien reposé nos yeux
Que sur les voûtes éternelles !

L

Qu'importe à moi rêveur qui ne vois dans les choses
  Que l'âme et la beauté,
Qu'à côté du parfum, cette chanson des roses,
  L'épine ait subsisté ;

Je vois, je ne veux voir au front des créatures
  Que le reflet de Dieu,
Sourire d'infini dont les secrets murmures
  M'apaiseront un peu ;

Car tout autour de moi j'entends assez de plaintes,
Sans raison, sans amour,
Pour ne pas ajouter à ces colères feintes
Ma rancune d'un jour !

LI

O rosaire d'amour qu'égrenait ma jeunesse,
Qui donc t'épèlera comme le fit mon cœur,
          Aux jours de douleur,
          Aux jours d'allégresse?...

Le beau temps du passé n'aura point de retour,
Et j'en viendrai moi-même à ne plus te redire
          Qu'avec un sourire,
          Rosaire d'amour !

TABLE DES MATIÈRES

TABLE

Pages.

PARIS. — ALPHONSE LEMERRE, IMPRIMEUR.

OEUVRES COMPLÈTES

DE

FRANÇOIS COPPÉE

Édition in-18 jésus, papier vélin.

POÉSIE

THÉATRE

PROSE

PARIS. — ALPHONSE LEMERRE, IMPRIMEUR.